Grzegorz Kasdepke

Wakacje detektywa Pozytywki

Ilustrował
Piotr Rychel

Nasza Księgarnia

Drodzy Czytelnicy,

detektyw Pozytywka jest osobą wyjątkową, dlatego i jego wakacje należą do nietypowych. Spędza je zazwyczaj w pracy. Czasami, rzecz jasna, wyjeżdża nad morze lub w góry — potem jednak budzi się we własnym łóżku i stwierdza z ulgą, że był to tylko sen.

Czym więc różnią się wakacje detektywa Pozytywki od normalnych tygodni pracy? Temperaturą, która panuje w miniaturowej siedzibie agencji detektywistycznej „Różowe Okulary". Brakiem dokazujących dzieci. Ciszą. I większą ilością wolnych chwil, które można poświęcić na bujanie w obłokach i wspomnienia.

Zresztą — sprawdźcie sami!

Miłej lektury życzy
Autor

Zagadka pierwsza, czyli żółty portfel!

Lato rozpoczęło się szczęśliwie — detektyw Pozytywka zgubił portfel. Większość osób uznałaby to za fatalne zrządzenie losu, ale nasz bohater był zadowolony. Nigdzie nie pojedzie, bo nie ma pieniędzy. Dzięki Bogu!

— No wie pan... — Dominik pokręcił głową. — Moi rodzice rwaliby włosy z rozpaczy.

— Moi też — wtrąciła Zuzia.

Dominik spojrzał na nią ze zdumieniem.

— Zwariowałaś? — zapytał. — Przecież jesteś moją siostrą. Mamy tych samych rodziców.

— No to nie skłamałam, tak? — prychnęła Zuzia. — Sam powiedziałeś, że rwaliby!

Detektyw Pozytywka zachichotał. Właśnie takich rozmów brakowało mu w czasie wakacyjnych podróży. Tym razem jednak zostanie w mieście — i nasłucha się ich do woli.

— Dobra, nieważne... — Zrezygnowany Dominik machnął ręką. — Musimy iść, bo nie zdążymy się spakować.

— Wyjeżdżacie? — Detektyw Pozytywka zamrugał.

— Aha — przytaknął Dominik. — Ja na obóz, a Zuźka na kolonie. Jutro z samego rana.

Detektyw Pozytywka pożegnał się z nimi, próbując ze wszystkich sił ukryć rozczarowanie — a potem popatrzył na opustoszałe podwórze. Smukła topola osłaniała cieniem ukrytą pod nią ławeczkę. Za szybą mieszkania na parterze mignęła przygarbiona postać pani Majewskiej — podlewała właśnie kwiatki. Piwniczne okienka były ciemne i zakurzone. Miotła pana Mietka leżała tuż przed bramą, ale sam dozorca gdzieś zniknął. Dochodzące z zewnątrz odgłosy ulicy odbijały się o ściany podwórza studni, by po chwili umknąć w stronę chmur. Jedynie wróble wnosiły tu trochę życia — dokazywały w piaskownicy, hałasując i ganiając z kąta w kąt.

— Ty też wyjeżdżasz? — zapytał detektyw na widok objuczonej bagażami Asi.

— Do babci — wysapała Asia. — A potem z mamą na Mazury.

Mama wychodziła właśnie z klatki schodowej. Na plecach miała ogromny plecak, w lewej ręce trzymała torbę z kosmetykami, a w prawej — dmuchanego krokodyla.

— Pomóc? — zapytał uczynnie detektyw Pozytywka.

— Dziękuję, nie trzeba. — Mama Asi pokręciła głową. Przyzwyczajona do samodzielności, nie lubiła, gdy ktoś jej pomagał. Zwłaszcza mężczyzna. — Do widzenia!

— Pa! — krzyknęła Asia.

Detektyw Pozytywka skinął im głową i spojrzał z nadzieją na okna pani Ryczaj. Zaraz jednak przypomniał sobie, że surowa nauczycielka wyjechała na wakacje przed dwoma dniami. Jako wychowawczyni na obozie językowym.

— Na takim obozie pokazuje się język? — zażartował pan Mietek, pomagając jej znieść bagaże do taksówki.

— Na takim obozie uczy się języków — odpowiedziała bez uśmiechu pani Ryczaj.

— Aha — odpowiedział zaczerwieniony pan Mietek. — Angielskiego, niemieckiego, tak?

— Polskiego — odparła pani Ryczaj. — To będzie obóz dla obcokrajowców.

Pan Mietek chciał zapytać, co może w tym być ciekawego, ale zrezygnował. Jednak pani Ryczaj, jak na nauczycielkę przystało, właściwie odczytała jego minę.

— To będzie bardzo interesujące — zapewniła. — Zamierzam codziennie robić im dyktando, a co dwa dni odpytywać przy tablicy.

„Bombowe wakacje..." — pomyślał pan dozorca. A potem, zatrzasnąwszy drzwi, z ulgą popatrzył na odjeżdżającą taksówkę.

Teraz jednak nawet on musiał przyznać, że bez pani Ryczaj, dzieci i połowy mieszkańców kamienicy zrobi się tu nudno. Ale też będzie mniej sprzątania. Coś za coś. Chyba że Martwiak zapewni jakieś atrakcje. Ciekawe, czy detektyw Pozytywka już wie...

— Słyszał pan? — zwrócił się do niego pan Mietek, wchodząc na podwórze.

Detektyw Pozytywka spojrzał nieprzytomnym wzrokiem. Stał właśnie przy trzepaku i próbował obmyślić, co będzie robił przez najbliższe dni. Wyglądało na to, że zgubiony portfel bardzo by się przydał...

— Słyszał pan? — ponowił pytanie pan Mietek. — O Martwiaku?

Detektyw w jednej chwili oprzytomniał. Nazwisko „Martwiak" pobudzało go silniej niż najmocniejsza kawa.

— Ostatnio nie — odpowiedział ostrożnie.

— No to wkrótce pan usłyszy. — Pan Mietek roześmiał się z goryczą. — Wypuścili go!

Znowu! Detektyw Pozytywka pokręcił z niedowierzaniem głową. Jak to możliwe? Kradnie, łobuzuje, trafia do więzienia — a już po chwili jest na wolności. I wszystko zaczyna się od początku.

— Zwolnili go za dobre sprawowanie — wyjaśnił pan Mietek. — Ale ma zakaz pracy jako detektyw.

— Dobre i to... — mruknął nasz bohater. Dwóch detektywów w jednej kamienicy to za wiele. Agencja detektywistyczna „Różowe Okulary" istniała na długo przedtem, nim Martwiak założył swego „Czarnowidza" — nic więc dziwnego, że detektyw Pozytywka myślał o „Czarnowidzu" jako o niezbyt uczciwej konkurencji.

Pan Mietek otarł pot z czoła i spojrzał w rozjaśnione słońcem niebo.

— A swoją drogą — westchnął — ciekawe, skąd on teraz będzie brał pieniądze?

— Spokojna głowa. — Detektyw Pozytywka uśmiechnął się kwaśno. — Już Martwiak coś wymyśli.

I rzeczywiście, wymyślił. Gdy godzinę później detektyw Pozytywka przechodził obok pobliskiego baru, zobaczył byłego konkurenta nad kuflem piwa. Siedział w otoczeniu koleżków i opowiadał dowcipy. Musiały być bardzo śmieszne, bo niektórzy aż pospadali z drewnianych ław — a teraz nie mogli się podnieść. Detektyw Pozytywka przystanął obok z szeroko otwartymi oczami.

— Oho, drogi sąsiadunio! — obwieścił radośnie Martwiak. — Zapraszamy!

— Co to jest? — zapytał detektyw Pozytywka, wskazując leżący na stole żółty portfel.

— To? — Martwiak przesunął portfelem po zalanym piwem blacie. — Portfelik. Nie widać?

— Skąd pan go ma?! — zaatakował ostro detektyw Pozytywka.

Martwiak spojrzał znacząco na podpitych koleżków.

— Nie zgadniesz, sąsiedzie... — powiedział pijackim szeptem. — Z kieszeni!

Siedzący przy stole ryknęli śmiechem. Przy okazji dwóch następnych spadło na ziemię.

— Ciekawe — zasapał detektyw Pozytywka. — Dokładnie taki sam gdzieś mi się dzisiaj zapodział.

— Rzeczywiście, ciekawe — przytaknął Martwiak. — Ale mało to na świecie niebieskich portfeli?

— Ten jest żółty — wycedził detektyw.

— Naprawdę? — Martwiak zrobił zdumioną minę. — Żółty? Byłem pewny, że niebieski.

Kolejny koleżka runął ze śmiechem pod stół.

— Żółty — wycedził detektyw Pozytywka.

— Niech sprawdzę... — Martwiak zamrugał, sięgając do kieszeni marynarki.

Grzebał w niej długo, by wreszcie wydobyć portfel — identyczny jak ten na stole, tyle że niebieski.

— Nie do wiary! — zawołał z teatralną przesadą. — Co za pomyłka!

Detektyw Pozytywka bez słowa schylił się po swoją własność, lecz Martwiak zdążył go uprzedzić.

— Chwilunia! — krzyknął. — A skąd mam wiedzieć, że to sąsiada? Jeden jest mój, a drugi znalazłem na ulicy i chciałem go właśnie odnieść na policję.

10   Ostatni z koleżków stoczył się z rechotem na podłogę.

Detektyw Pozytywka zagryzł ze złością wargi.

— Na policję... — Pokiwał z ironią głową. — Chciałbym w to wierzyć.

— No, no! — Martwiak przybrał pozę urażonej niewinności. — Proszę nie obrażać uczciwego człowieka!

Nasz bohater policzył w myślach do dziesięciu. Akompaniował mu dochodzący spod stołu pijacki rechot.

— W środku są moje dokumenty. — Detektyw Pozytywka postanowił za wszelką cenę zachować spokój. — Licencja detektywa i laurki od dzieci.

Martwiak sprawdził wszystko skrupulatnie. Potem wstał i z uśmiechem rozłożył ramiona, jakby chciał detektywa Pozytywkę uścisać.

— No i wszystko jasne! — zawołał. — To sąsiadunia portfel! Nieopatrznie pomyliłem go ze swoim!

— Ciekawe, jak można kolor żółty pomylić z niebieskim? — mruknął detektyw, chowając portfel do kieszeni.

— Jestem daltonistą... — westchnął Martwiak. — Nie rozpoznaję barw.

— Nieprawda! — prychnął detektyw Pozytywka, odwracając się na pięcie.

— Zaraz, zaraz! — wykrzyknął za nim Martwiak. — A dziesięć procent znaleźnego?

— Już pan sobie wziął. — Detektyw Pozytywka wskazał brodą puste kufle.

A potem ruszył do domu z mocnym postanowieniem, że spakuje walizkę i wyjedzie na urlop!

Detektyw Pozytywka nie był w stanie udowodnić Martwiakowi kradzieży, ale co do jednego miał pewność — Martwiak nie jest daltonistą. Wiesz dlaczego?

Zagadka druga, czyli kłopoty z liczeniem!

Detektyw Pozytywka postanowił przenieść agencję „Różowe Okulary" nad jezioro. Jego wakacyjne biuro tym tylko różniło się od siedziby w mieście, że zamiast na poddaszu detektyw Pozytywka zgromadził wszystkie swoje sprzęty w miniaturowym namiocie. Tuż za wejściem stał stolik do gry w szachy, obok niego składane wędkarskie krzesełko, z tyłu leżał zepsuty czajnik, a obok czajnika jeżył się groźnie kaktus — jedyna broń, jakiej detektyw Pozytywka od czasu do czasu używa. Czegoś jednak ciągle tu brakowało. Detektyw Pozytywka podrapał się w zamyśleniu po brodzie. Drugiego czajnika? Figur szachowych? Utyskiwań pana Mietka? A może Martwiaka?!

— Daj spokój! — skarcił sam siebie detektyw Pozytywka. — Masz tu wypoczywać, a nie myśleć o pracy!

— Ale ja lubię swoją pracę — zaprotestował detektyw Pozytywka. — I najlepiej wypoczywam, pracując!

— To po co jechałeś nad jezioro? — zdenerwował się detektyw Pozytywka.

— Żeby wypocząć — westchnął w odpowiedzi.

— No to wypoczywaj! — prychnął nasz bohater.

— Nie mogę — poskarżył się detektyw Pozytywka.

— Dlaczego?

— Bo nie mam nic do roboty...

Na szczęście, zanim detektyw Pozytywka zdążył pokłócić się sam ze sobą, podszedł do niego jakiś berbeć.

— To pan jest tym detektywem? — zapytał.

— Ja — potwierdził detektyw Pozytywka.

— W zeszłym miesiącu czytałem o panu w „Pasikoniku" — pochwalił się chłopiec. — To taki nowy dwutygodnik dla dzieci.

— Wiem, wiem. — Detektyw Pozytywka pokiwał głową. — Wychodzi od stycznia.

— Bo ja już umiem czytać i liczyć — zapewnił malec.

— Naprawdę? — zdumiał się detektyw.

— Naprawdę!

— A w którym numerze o mnie czytałeś?

— W czterdziestym! — wypalił chłopiec.

Detektyw Pozytywka parsknął śmiechem, a potem spojrzał z sympatią na urażonego rozmówcę.

— Czytać to ty może i umiesz — powiedział. — Ale liczyć na pewno nie.

— Dlaczego?! — obruszył się chłopiec.

— A sam pomyśl — zachęcił go detektyw.

Po czym zerwał się na równe nogi i pobiegł do jeziora.

No tak, chłopiec, który rozpoznał detektywa Pozytywkę, nie jest chyba zbyt mocny w rachunkach. Dlaczego? A sam pomyśl...

Zagadka trzecia, czyli ile to jest dwa razy dwa!

Wystarczyły dwa dni, aby wszyscy mieszkańcy pola biwakowego zorientowali się, kim jest sympatyczny chudzielec z kaktusem. Detektyw Pozytywka, słynny detektyw Pozytywka! Popularność w równym stopniu zdumiewała, co peszyła naszego bohatera. Świadomość, że gdziekolwiek idzie, wszędzie towarzyszą mu zaciekawione spojrzenia, była doprawdy nieznośna.

— Mam nadzieję, że nie oblałem się jogurtem — mamrotał po śniadaniu.

— Mam nadzieję, że nie zgubiłem kąpielówek — mamrotał po kąpieli.

— Mam nadzieję, że nie chrapałem zbyt głośno — mamrotał po poobiedniej drzemce.

Co gorsza, detektyw Pozytywka któregoś poranka ujrzał swoje odbicie w nieruchomej tafli jeziora — i odkrył, że jest potwornie chudy!

— Będą się naśmiewać... — jęknął w duszy.

— Albo litować... — pisnął cichutko.

— I dokarmiać! — wykrzyknął ze zgrozą.

Na wszelki wypadek wypiął brzuch, nadął policzki — i paradował tak po całym obozowisku. Szybko więc dorobił się opinii dziwaka.

Dziwacy mają to do siebie, że dorośli od nich stronią, a dzieci — wręcz przeciwnie. Od rana do wieczora wokół namiotu detektywa Pozytywki tłoczyły się więc rozwrzeszczane mikrusy. Krzyczały,

14

piszczały, no i zadręczały naszego bohatera pytaniami: ile pan ma lat, ilu przestępców pan złapał, czy od zawsze chciał pan być detektywem? Nie słuchały jednak odpowiedzi — rozbiegały się, nim detektyw Pozytywka zdążył otworzyć usta. Zostawał więc sam, oszołomiony ciszą, która pojawiała się znienacka — zaraz jednak przybiegały inne dzieciaki i zadawały kolejne pytania: czy ma pan żonę, czy lubi się pan całować, czy był pan kiedyś przystojny?

A dorośli ze stojących wokół namiotów chichotali ukradkiem — bo dorośli bardzo lubią, gdy dzieci zadają innym dorosłym kłopotliwe pytania.

Na szczęście nie wszystkie były kłopotliwe.

— Ciekaw jestem, czy pan wie — zapytał jeden z przemądrzałych berbeci — ile to jest dwa dodać dwa razy dwa!

— Osiem! — odpowiedzieli odruchowo podsłuchujący dorośli.

— Sześć! — zaśmiał się detektyw Pozytywka.

I poszedł nad jezioro odprowadzany litościwymi spojrzeniami. Litościwymi — choć to on miał rację.

Detektyw Pozytywka dokonał prawidłowego działania, więc dorośli z biwaku wywyższali się zupełnie bez powodu. Wiesz dlaczego?

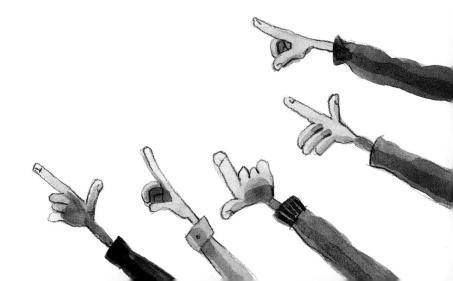

Zagadka czwarta, czyli tajemnicza walizka!

Walizka detektywa Pozytywki wzbudziła sensację na polu biwakowym. Była duża i drewniana, upstrzona nalepkami z całego świata. Bambusowa rączka zdawała się pamiętać dziesiątki ściskających ją dłoni — ale do kogo one należały, tego detektyw Pozytywka nie wiedział. Nie wiedział także, dokąd podróżowała w przeszłości. Kupił walizkę na targu staroci z nadzieją, że kiedyś uda mu się ją przerobić na miniaturowy domek. Nie miał jednak działki, na której domek mógłby stanąć — dlatego walizka pozostała walizką. Bez trudu zmieścił się w niej niemal cały dobytek naszego bohatera.

W upalne wakacyjne noce z powodzeniem dawało się w walizce spać — wystarczyło jedynie podkurczyć nogi. Detektyw Pozytywka wyciągał ją z namiotu, ustawiał przy dogasającym ognisku, a potem kładł się z westchnieniem ulgi na wymoszczonym w środku posłaniu. Na niebie mrugały gwiazdy, zachęcając tryskające z ognia iskry do większego wysiłku: „Chodźcie, będziecie takie jak my!". Ale iskry umykały gdzieś w bok, nad zastygłe w bezruchu jezioro, a potem zabierał je mrok.

— Aaa-aa-aa... — detektyw Pozytywka nucił sobie kołysankę. — Aa-aaa-aa... by-ły so-bie kot-ki dwa...

I nie wiadomo kiedy nadchodził sen.

Którejś jednak nocy nie nadszedł. Zamiast niego obok walizki pojawiła się milcząca zwalista postać. Stała w bezruchu, patrząc niechętnie na struchlałego detektywa. W przymrużonych oczach tajemniczego intruza odbijał się blask dogasającego ognia. Jego policzki były zarośnięte, a ubranie, choć eleganckie, wymięte i brudne. Detektywowi Pozytywce przemknęło przez głowę, że tak wyglądali kiedyś prestidigitatorzy.

— Presti-co? — zapytał chrapliwym głosem mężczyzna.

„Czyta w myślach!" — spanikował detektyw Pozytywka. Zaraz jednak się opanował, usiadł, sprawdził ukradkiem, czy kaktus stoi na swoim miejscu, a potem z udawanym spokojem popatrzył na nocnego gościa.

— Prestidigitatorzy — powtórzył. — Prestidigitator to ktoś, kto robi sztuczki. Wyciąga z cylindra króliki, udaje, że przecina kogoś piłą, wyczarowuje sztuczne ognie i bukiety kwiatów.

— W taki sposób? — Mężczyzna wyjął z nosa detektywa Pozytywki bukiecik konwalii.

— Tak... — potwierdził z oszołomieniem nasz bohater.

— Bukiety kwiatów i co jeszcze? — kontynuował tajemniczy gość. — Sztuczne ognie?

Po czym podał detektywowi skrzącą się wiązankę.

— Pan nie jest prawdziwy — szepnął detektyw Pozytywka.

— Jak to nie? — Mężczyzna się roześmiał. — Mam dać się uszczypnąć, żeby pan we mnie uwierzył?

— To żaden dowód. Bo to wszystko mi się śni. I przyśni mi się także, że pana szczypię.

— A ten królik także się panu śni? — dopytywał nieznajomy, wyciągając z cylindra przestraszonego kłapoucha.

— Przed chwilą nie miał pan cylindra! — zasapał z wyrzutem detektyw Pozytywka.

— A teraz mam — zarechotał mężczyzna. — Mam też piłę, którą za moment przetnę pana na pół. Ale spokojnie, sam pan mówi, że to tylko sen!

Detektyw Pozytywka zerwał się na równe nogi. Pobłyskująca w świetle gwiazd piła wyglądała wyjątkowo złowieszczo.

— A swoją drogą... — szepnął mężczyzna — skąd pan wie, że to tylko sen?

— Bo wiem! — odparł detektyw Pozytywka. Nie spuszczał wzroku ze szczerzącego kły ostrza.

— Proszę, proszę... — mruknął prestidigitator, zbliżając się pomalutku do naszego bohatera. — Słynny detektyw nie chce zdradzać swoich tajemnic.

— Nie muszę — odpowiedział nasz bohater. Cofał się poza krąg blasku ogniska.

— Chciałbym wiedzieć... — wychrypiał mężczyzna. — Chciałbym wiedzieć, jaki popełniłem błąd...

Trzasnęła przepalona gałązka. Snop iskier umknął ku księżycowi. Nieznajomy zdawał się czaić do skoku.

— Konwalie! — Detektyw Pozytywka patrzył z napięciem na uniesioną jak maczeta piłę.

— Co: „konwalie"?

— Zdradziły pana konwalie.

Mężczyzna zastygł nieruchomo. Jego oddech był świszczący i urywany.

— Jestem czarodziejem — oświadczył w końcu. — Przecież mogę wyczarować konwalie.

Detektyw nieznacznie pokręcił głową.

— Nie — powiedział. — Jest pan śniącym mi się prestidigitatorem, specjalistą od sztuczek. A specjaliści od sztuczek nie czarują, tylko zręcznie oszukują widzów.

Mężczyzna uśmiechnął się, lecz w jego uśmiechu nie było nawet cienia radości.

— No to może zręcznie pana oszukałem? — stwierdził, podejmując marsz w stronę detektywa. — Co za problem ukryć gdzieś w kieszeni bukiecik konwalii, a potem udać, że wyciągam je z nosa?

— Czy one były prawdziwe? — spytał z przestrachem detektyw Pozytywka, czując za plecami pień drzewa.

— Oczywiście. — Mężczyzna zachichotał, podchodząc coraz bliżej. Piła nad jego głową odbijała migotliwe pobłyski słabnącego ognia.

— I to właśnie pana zdradziło. — Detektyw Pozytywka opanował drżenie. — Te konwalie nie mogły być prawdziwe. A jeżeli były, to znaczy, że pan mi się tylko śni. Bo jest pan tak samo prawdziwy jak one.

Prestidigitator wykrzywił twarz w nienawistnym grymasie i rzucił się na naszego bohatera. Ostrze piły jęknęło, przecinając powietrze.

„To koniec?..." — przemknęło przez głowę kulącemu się detektywowi Pozytywce.

— Koniec — wyszeptał pobladłymi wargami.

Od jeziora wiał wiatr. Gwiazdy skryły się za chmurami. Detektyw Pozytywka leżał w walizce, czując ciarki na całym ciele. Zrobiło się zimno i nieprzyjemnie. Podkurczone nogi zdrętwiały.

— Koniec... — westchnął z ulgą, rozglądając się po śpiącym obozowisku. — Co za sen...

Pokręcił głową i wyszedł z walizki. Dopóki nie dowie się, do kogo należała, lepiej w niej nie spać. Kto wie, czy nie podróżowała po świecie z jakimś prestidigitatorem?

— A swoją drogą... — mruknął detektyw Pozytywka, wchodząc do namiotu — czy nawet w snach nie mogę odpocząć od zagadek?

Odpowiedziało mu dochodzące zewsząd chrapanie.

Całe szczęście, że to wszystko było tylko snem. I całe szczęście, że detektyw Pozytywka nie stracił w tym śnie głowy — dosłownie i w przenośni. Widok konwalii upewnił go, że ma do czynienia z koszmarem. Jak sądzisz, dlaczego?

Zagadka piąta, czyli pokaz slajdów!

Siódmego dnia pobytu nad jeziorem detektyw Pozytywka z ulgą stwierdził, że kończą mu się pieniądze — i że musi już wracać. Złożył więc namiot, spakował wszystkie sprzęty, przytroczył do pasa doniczkę z kaktusem i ruszył w drogę. Obliczył, że jeżeli będzie robił trzy postoje dziennie, dotrze na miejsce po upływie tygodnia. Nie docenił jednak swoich wielbicieli. Ledwo wyszedł na szosę, zaraz zahamował obok jakiś samochód; podróżujący nim mama, tata i dwójka dzieci okazali się wiernymi czytelnikami książek o przygodach naszego bohatera i w miłej atmosferze podwieźli go pod samą kamienicę. W samą porę, jak się okazało. Na podwórzu, pod trzepakiem, instalowano właśnie przenośny ekran. Mieszkańcy wynosili na podwórze krzesła ze swoich domów i ustawiali je pod topolą. Pan Mietek zapraszał ciekawskich z ulicy do zajmowania miejsc na ławeczce i obrzeżach piaskownicy. Pani Majewska uklepywała przykrywającą parapet poduszkę — nie musiała wychodzić z mieszkania, żeby mieć znakomity widok na ekran. Obok śmietnika stał Martwiak i majstrował coś przy rzutniku slajdów.

Detektywa Pozytywkę zatkało.

— Pan już? — zdziwił się dozorca na jego widok.

— Zabrakło mi pieniędzy — wykrztusił detektyw.

— Ooo, współczuję... — powiedział pan Mietek.

— Nie ma czego, miałem już dosyć tej bezczynności.

Pan Mietek pokiwał głową, a potem podszedł przywitać się z tajemniczym gościem, który wkroczył właśnie na podwórze. Był niski i szczupły, na głowę miał wciśnięty kowbojski kapelusz. Oczy skrywał za przeciwsłonecznymi okularami. Spod bujnego wąsiska sterczała fajka. Jego sylwetka wydała się detektywowi Pozytywce znajoma, nie potrafił jednak przypomnieć sobie, do kogo należy.

— Tutaj, bardzo proszę. — Pan Mietek podprowadził tajemniczego gościa do stolika stojącego tuż przy ekranie. — Czy mikrofon będzie potrzebny?

Detektyw Pozytywka wytężył słuch, lecz dobiegł go jedynie cichy bełkot. Szkoda.

— Co to za wygłupy? — zapytał kilka minut później, gdy zaaferowany pan Mietek przebiegał z mikrofonem w ręku.

— Żadne wygłupy! — oburzył się pan Mietek. — Spotkanie z podróżnikiem! I pokaz slajdów!

— A mikrofon skąd? — chciał wiedzieć detektyw.

— Od organizatora — powiedział dozorca.

— A kto jest organizatorem?

— Biuro podróży „Czarnowidz".

Detektywa Pozytywkę zatkało po raz drugi w ciągu kwadransa.

— Czyli Martwiak, tak? — upewnił się, gdy udało mu się wreszcie dojść do siebie.

— Martwiak — potwierdził pan Mietek. — Bardzo sporządniał, bardzo...

„Oo, na pewno — pomyślał sceptycznie detektyw Pozytywka. — Dobrze, że wróciłem". Po czym zdjął plecak, poprawił tkwiącego przy pasie kaktusa i wbił badawcze spojrzenie w siedzącego za stolikiem wąsacza.

Pokaz rozpoczął się kilka minut później. Pan Mietek, stremowany jak nigdy, powitał wszystkich przybyłych na spotkanie — i natychmiast oddał głos Martwiakowi. Detektywa aż zatrzęsło na widok jego obłudnego uśmiechu. Przemawianie sprawiało Martwiakowi wyraźną przyjemność. Długo i wylewnie dziękował mieszkańcom kamienicy za możliwość zorganizowania pokazu. Dziękował podróżnikowi, panu Waskodegamskiemu, za chęć podzielenia się swoimi doświadczeniami. Dziękował wreszcie własnej inteligencji, która pomogła mu opracować plan najtańszej na świecie wycieczki do Indii. Tak taniej, że każdego będzie na nią stać. W głowie detektywa Pozytywki włączył się alarm.

— Przejdźmy jednak do rzeczy! — zawołał Martwiak. — Panie i panowie, oto podróżnik Waskodegamski!

Wąsacz wstał i ukłonił się — nie przyszło mu jednak do głowy, aby ściągnąć kapelusz, zdjąć okulary czy wyjąć z ust fajkę. Bełkotał coś do mikrofonu, a w tym samym czasie Martwiak wyświetlał kolorowe slajdy. Hindusi, zatłoczone uliczki, egzotyczne owoce, wysokie góry, zatykająca dech w piersiach zieleń. Detektyw Po-

zytywka musiał przyznać, że zdjęcia są piękne. Ale że wszystkie równie dobrze można by ściągnąć z internetu. Dopiero na ostatnich pojawił się wąsacz. W tym samym kapeluszu i w tych samych okularach stał obok wielgachnego słonia. Na następnej fotografii gładził słonia po brzuchu. Na jeszcze następnej trzymał go za ogromniaste ucho. Widzowie klaskali, wołając coś z uznaniem — a Martwiak zapewnił, że każdy może się wybrać na taką dwutygodniową wycieczkę do Indii, i to taniej niż nad Morze Bałtyckie. Wystarczy od razu wpłacić symboliczną zaliczkę.

Panu Mietkowi zabłysły oczy. Mimo słabych protestów żony zerwał się na równe nogi i pobiegł do domu. Pani Majewska także zniknęła w mieszkaniu. Detektyw Pozytywka z niepokojem obserwował podekscytowanych widzów, z których co drugi grzebał w kieszeniach i liczył pieniądze. Wymieniona przez Martwiaka kwota na wielu zrobiła wrażenie. Najwyższy czas na przemówienie im do rozumu.

— Ludzie! — zawołał detektyw Pozytywka. — Przecież to oszu-
stwo!

Martwiak dopiero teraz zauważył obecność naszego bohatera.
Wymienił znaczące spojrzenia z wąsaczem. Potem uśmiechnął się
szeroko i wskazując na detektywa, zakreślił przy czole kółko.

— Wariat — powiedział do skonsternowanej publiczności. —
Słońce odebrało mu rozum.

Parę osób parsknęło śmiechem. Parę osób zaczęło buczeć.
Tylko na twarzy pana Mietka zagościła niepewność. Zadyszany,
wpadł właśnie na podwórze — stał teraz nieruchomo, ściskając
w dłoni wszystkie oszczędności i zerkając to na Martwiaka, to
na Pozytywkę. Doświadczenie uczyło, że detektyw raczej się nie
myli.

— No, dalej! — Martwiak z uśmiechem spojrzał na trzymane
przez pana Mietka pieniądze. — Czas spełnić swoje marzenia!

— Lu... — zaczął ponownie wołać detektyw, ale ktoś go nagle pociągnął do tyłu. Przewrócił się, wypadając poza obręb światła. Kątem oka zauważył, że wąsacza nie ma już przy stoliku. Nasz bohater skulił się instynktownie; jakiś ciężki przedmiot upadł tuż przy jego głowie — odprysk pokruszonej cegły trafił go w powiekę. Zerwał się na równe nogi, nim drobna ciemna sylwetka zdołała odskoczyć na odległość wyciągniętego ramienia. Potężne uderzenie kaktusem wydobyło z ust wąsacza głośny jęk. Teraz detektyw Pozytywka rozpoznał go bez trudu. Nowy, pomocnik Martwiaka — ten sam, który przed kilkoma miesiącami okradł sklep z płytami.

— To oszuści! — wrzasnął ponownie detektyw Pozytywka. — Zabiorą pieniądze i znikną! Przyjrzyjcie się słoniowi! Skąd taki w Indiach?!

Zapadło milczenie. A potem podniósł się szmer oburzonych głosów. Martwiak próbował coś tłumaczyć, jednak nikt już go nie słuchał. Obolały Nowy umknął z podwórza, gubiąc po drodze wąsy. Pan Mietek z obrażoną miną zawrócił do mieszkania. Pani Majewska zatrzasnęła okno. Widzowie rozchodzili się, rzucając pogardliwe spojrzenia Martwiakowi, który miał niezbyt wesołą minę.

„W samą porę... — przeszło detektywowi Pozytywce przez głowę. — Wróciłem w samą porę".

Pokaz slajdów — zwłaszcza trzech ostatnich — utwierdził detektywa Pozytywkę w przekonaniu, że Martwiak chce wszystkich naciągnąć. Dlaczego?

Zagadka szósta, czyli poproszę sajgonki!

Z braku innych wakacyjnych rozrywek detektyw Pozytywka postanowił zająć się obserwacją samego siebie. I wcale nie uważał, że jest to dziwne. Po pierwsze — każdy człowiek powinien znać siebie lepiej niż innych, a po drugie — przyglądanie się komuś tak niezwykłemu jak detektyw Pozytywka mogło być pożyteczne nawet dla samego detektywa Pozytywki.

Pytanie tylko, jak to zrobić? Zerkanie na swoje odbicie w kałuży i w witrynach sklepów było satysfakcjonujące tylko częściowo. Nie o wygląd przecież detektywowi chodziło — wiedział mniej więcej, jak wygląda. Bardziej interesowały go własne zachowania i reakcje w trudnych, nietypowych sytuacjach. Na przykład, co robi, gdy zostaje zaatakowany bagietką? Broni się? Ucieka? Zjada bagietkę? Jaki ma wówczas wyraz twarzy? Co mówi? Był tylko jeden sposób, żeby tego się dowiedzieć. Detektyw Pozytywka postanowił nieustannie siebie zaskakiwać.

— Uuuu! — ryczał, wskakując gwałtownie przed lustro.

— Stop! — wrzeszczał w połowie przejścia dla pieszych.

— Uwaga! — krzyczał, nalewając sobie herbatę.

Z czasem jednak te proste żarty i zasadzki przestały detektywowi wystarczać. Postanowił zrobić coś naprawdę nietypowego, coś, na co nigdy wcześniej nie miał ochoty — postanowił pójść na obiad do chińskiej restauracji.

— Pan jest prawdziwy? — zdumiał się na widok poprawiającego czarną perukę kelnera.

— Nie, plastikowy — odpowiedział zgryźliwie kelner. — Coś podać?

— A co pan poleca?

— Flaki i bigos.

Detektyw Pozytywka zamrugał.

— Flaki i bigos? — powtórzył. — To są typowe chińskie dania?

— Może nietypowe — chrząknął kelner. — Może nawet nie chińskie. Za to smaczne.

Detektyw Pozytywka uparł się jednak, że chce skosztować tradycyjnej kuchni chińskiej.

— Może więc flaki po chińsku? — zapytał nerwowo kelner. — Albo chiński bigos?

— A nie ma sajgonek?

Kelner potarł oczy, nadając im bardziej chiński wyraz, a potem spojrzał na detektywa z wyraźną niechęcią.

— Zaraz spytam — burknął, odwracając się w stronę kuchni. — Maryś... to jest... Mary Lee! Są sajgonki?

— Są! — odpowiedziała Mary Lee.

— Z czym? — chciał wiedzieć detektyw Pozytywka.

— Z czym?! — ryknął kelner.

— Z bigosem! — odkrzyknęła Mary Lee. — Lub z flakami!

Zapadło milczenie.

— Ja już nawet nie pytam — odezwał się w końcu detektyw Pozytywka — czy państwo są rodowitymi Chińczykami. Ani czy kiedykolwiek byli państwo w Chinach. Ale ciekawi mnie, skąd pomysł, żeby nazwać swoją restaurację chińską?

— Jestem rodowitym chińskim Chińczykiem! — odparł z oburzeniem kelner. — Urodziłem się w stolicy Chin!

— Naprawdę? — nie dowierzał detektyw. — W Hongkongu?

— Tak jest. — Kelner z godnością skinął głową. — I to w samym centrum!

28

— Nic pan nie wie o Chinach — westchnął detektyw, wstając od stolika.

A potem poszedł do pobliskiego baru na flaki i bigos.

Rzeczywiście, kelner nie był prawdziwym Chińczykiem. Jak sądzisz, co detektywa Pozytywkę utwierdziło w tym przeświadczeniu?

Zagadka siódma, czyli krysztalowa kula!

Któregoś razu nad drzwiami do klatki schodowej pojawił się szyld z napisem „Gabinet wróżb CZARNOWIDZ" — i odtąd podwórze było pełne czekających w kolejce do wróża Martwiaka.

— Wróż Martwiak... — Pan Mietek zazgrzytał zębami, ściskając w dłoni miotłę. Czekający na wróżbę palili nerwowo papierosa za papierosem i mimo kilku popielniczek rzucali niedopałki, gdzie tylko się dało.

— Wróż? — Detektyw Pozytywka uniósł brwi. — Niezbyt dobrze to brzmi, prawda?

Pani Ryczaj, która wyszła przed chwilą z klatki, przytaknęła niechętnie. Słowo „wróż" i jej wydawało się dość pokraczne.

— Pokraczny to jest sam Martwiak! — zasapał gniewnie pan dozorca. — Że też ci ludzie rozumu nie mają! Po co to iść do takiego?

— Cóż... — mruknęła lekko zmieszana pani Ryczaj. — Nie przepadam za nim, ale muszę przyznać, że ma pewien dar.

— Dar?! — Pan Mietek aż przystanął. — Chyba dar mydlenia oczu! I zarabiania pieniędzy! Pani widziała, jak on teraz wygląda?

Detektyw Pozytywka oderwał wzrok od zakłopotanej twarzy pani Ryczaj i mimowolnie zerknął w stronę piwnicznych okienek. Przez chwilę w jednym z nich mignęła owinięta turbanem głowa Martwiaka. Ostatnimi czasy ubierał się dość dziwacznie — w długie powłóczyste szaty pełne wisiorków i świecidełek.

— Nie da się ukryć — pani Ryczaj odchrząknęła — że wygląda dość ekscentrycznie.

— Jak? — zdziwił się pan Mietek.

— Dziwacznie — wyjaśnił detektyw Pozytywka.

A potem spojrzał uważnie na panią Ryczaj,

— Czy pani — zapytał po chwili — wie o Martwiaku coś, czego my nie wiemy?

Pani Ryczaj się zawahała.

— Przecież może być pani z nami szczera — powiedział łagodnie detektyw Pozytywka.

— Nie mam się czego wstydzić. — Pani Ryczaj strzepnęła niewidoczny pyłek z bluzki. — Po prostu poszłam do niego z... z ciekawości.

— Ale po co? — wybełkotał pan Mietek.

— Mówiłam, z ciekawości. — Pani Ryczaj wzruszyła ramionami.

— Nikt nigdy mi nie wróżył, a Martwiak powiedział, że w ramach sąsiedzkiej przysługi zrobi to półdarmo.

Detektyw Pozytywka i pan Mietek wymienili spojrzenia.

— I co? — zapytali jak na komendę.

— No i wróż Martwiak... to jest Martwiak, po prostu Martwiak — pani Ryczaj się zarumieniła — przyjął mnie w swoim gabinecie, posadził na fotelu przy takim okrągłym stoliczku, a potem...

Pani Ryczaj umilkła. Stojący w kolejce palacze nie odrywali od niej oczu.

— A potem? — ponaglił detektyw Pozytywka.

— A potem — dokończyła pani Ryczaj — Martwiak przyniósł szklaną kulę i zaczął wróżyć.

— On ma tam szklaną kulę? — zaśmiał się pan Mietek.

Palacze spojrzeli na niego z jawną wrogością.

— Ma! — odparła wyzywająco pani Ryczaj. — I widzi w niej przeszłość oraz przyszłość.

Palacze z aprobatą pokiwali głowami.

— I pani w to wierzy? — jęknął pan dozorca.

— A dlaczego mam nie wierzyć?! — prychnęła pani Ryczaj. — Najpierw powiedział wszystko o mnie i o mojej przeszłości: że jestem nauczycielką i od dawna mieszkam na trzecim piętrze...

— Geniusz — szepnął któryś z palaczy.

— A potem powiedział — kontynuowała pani Ryczaj — że dokładnie za rok o tej porze będę na północy Norwegii. Że zobaczę jeden z najdalej wysuniętych na północ skrawków Europy, Nordkapp. Bardzo pragnę tam pojechać... — wyznała wstydliwie.

Palacze zaczęli klaskać z entuzjazmem. Pan Mietek spoglądał z oszołomieniem to na panią Ryczaj, to na detektywa Pozytywkę.

— I Martwiak widział to w szklanej kuli? — zapytał wreszcie nasz bohater.

— Aha! — Pani Ryczaj pokiwała buńczucznie głową.

— I pani też to widziała? — chciał wiedzieć detektyw Pozytywka.

— Nie, ja nie mam takiego daru — wytłumaczyła pani Ryczaj. — Ale on mi wszystko dokładnie opisał. Nawet to, gdzie będę spała. Mówił, że widzi pole kempingowe, na którym stoi wiele luksusowych przyczep do wynajęcia, ja nocuję w jednej z nich, wokół jest ciemno, wieje wiatr...

— Dosyć! — Detektyw Pozytywka się roześmiał.

— Dlaczego? — Pani Ryczaj zamrugała oczami.

Palacze spojrzeli na detektywa z oburzeniem.

— Bo to jest bzdura — oznajmił. — Jeżeli Martwiak mówił, że za rok o tej porze na północy Norwegii będą panowały ciemności, to po prostu kłamał.

— Ale nie o tej godzinie... — Pani Ryczaj odruchowo spojrzała na zegarek. — Tylko wieczorem, w nocy.

Detektyw Pozytywka wzruszył ramionami.

— Nieważne, teraz czy w nocy — oświadczył stanowczo. — Jest to bzdura i już. Ale miała pani prawo tego nie wiedzieć, bo uczy pani języka polskiego, a nie geografii.

34

Pani Ryczaj popatrzyła na pana Mietka. Widać było, że i on nic nie rozumie.

— Następny proszę! — dał się słyszeć tubalny głos od strony piwnicznych okienek.

Palacze spojrzeli na siebie niepewnie.

— Teraz pan? — zapytała jakaś kobieta.

— Nie, chyba tamten pan — odpowiedział któryś z mężczyzn.

— Ja? — Mężczyzna zamachał nerwowo rękami. — W żadnym razie, teraz pani!

— Ależ skąd! — zdenerwowała się kobieta.

Martwiak wyjrzał przez okienko. Odprowadził wzrokiem młodą dziewczynę, która przez ostatni kwadrans słuchała jego przepowiedni, a potem skupił się na nerwowych palaczach.

— Kto następny?! — powtórzył z irytacją.

— Ten pan — powiedziała palaczka, wskazując mężczyznę w okularach.

— Zapraszam — mruknął Martwiak. — Mój czas jest cenny.

— Mój też! — wysapał mężczyzna. — A tak się składa, że jestem nauczycielem geografii!

I na oczach zaskoczonego Martwiaka opuścił podwórze. A po nim zrobili to inni.

Pani Ryczaj była trochę zawstydzona, ale każdemu zdarzają się lepsze i gorsze chwile. Szkoda tylko, że trzeba za nie płacić. Martwiak nie mógł widzieć jej za rok o tej samej porze pod rozgwieżdżonym norweskim niebem. Wiesz dlaczego?

Zagadka ósma, czyli fontanna!

Trzeba przyznać, że pomysłowość Martwiaka nie miała granic. Detektyw Pozytywka obserwował go z mieszaniną niechęci i podziwu. Każdego dnia „Czarnowidz" zmieniał szyld. Raz był biurem podróży, innym razem siedzibą wróżbity. Czasami skupowano w nim złom i makulaturę, kiedy indziej — złoto i przedmioty wartościowe. Jednym słowem — interes się kręcił.

— Skąd on ma na to pieniądze? — zdziwił się pan Mietek.

Ale detektyw Pozytywka wzruszył w odpowiedzi ramionami. Bo co miał powiedzieć — że z kradzieży? Nie miał na to dowodów. Wątpił jednak, by chodziło o pieniądze uczciwie zarobione.

— A może wygrał w lotka? — spytał naiwnie dozorca.

— Panie Mietku... — Detektyw Pozytywka pokiwał z politowaniem głową.

— A może wykopał skarb?

— Gdzie, w piaskownicy?

— No to może wyłowił?

— Z kałuży?

Pan Mietek popatrzył na powątpiewającego detektywa z urazą.

— Może i z kałuży, nie wiem — odburknął. — Ale sam widziałem, że jego pieniądze są zawsze mokre, a dłonie pomarszczone jak po długiej kąpieli!

Detektyw Pozytywka zerknął na dozorcę z ciekawością, a potem poddał dokładnym oględzinom Martwiaka, który maszerował właśnie przez podwórze. Nawet z daleka rzucały się w oczy mokre plamy przy kieszeniach jego spodni.

— Dziwne — mruknął detektyw.

I ruszył na spacer.

Lato było upalne, a turystów więcej niż kiedykolwiek. Snuli się po ulicach w poszukiwaniu cienia i ochłody. Najbardziej zdesperowani wskakiwali do miejskich fontann. Na ich ramiona opadała uwięziona w kroplach wody tęcza. Szybujące w powietrzu drobne pieniążki pobłyskiwały jak karnawałowe cekiny. W taki dzień najlepiej położyć się na plaży — i słuchać szumu morza.

— A może dostał spadek? — wymyślił pan Mietek, ledwie detektyw Pozytywka wrócił ze spaceru.

— Nie dostał. — Nasz bohater się uśmiechnął.

— Wygrał w kasynie?

— Wątpię.

— Na wyścigach konnych?

Detektyw Pozytywka pokręcił głową.

— Wyciągnął z kościelnej puszki?

— No co też pan...

— To skąd ma te pieniądze?! — krzyknął pan Mietek.

— Już raz pan odgadł — powiedział detektyw. — Wyłowił je.

Panu Mietkowi rozbłysły oczy.

— Czyli skarb, odnalazł skarb... — szepnął zafrapowany.

— Jaki tam skarb... — Rozbawiony detektyw Pozytywka machnął ręką. I zostawił pana Mietka z domysłami.

Pan Mietek był bardzo blisko prawdy, przypuszczając, że Martwiak wyławia pieniądze. Ale czy rzeczywiście można tu mówić o skarbie?

Zagadka dziewiąta, czyli bagietka z szynką!

Detektyw Pozytywka nie przepada za wakacjami, ale potrafi dostrzec ich dobre strony — na przykład to, że szybko się kończą. Mieszkańcy kamienicy wracają wówczas do domów, pan Mietek, dozorca, psioczy po staremu na brud i nieporządek, pani Majewska zrzędzi, że ktoś podeptał kwiatki na podwórzowym klombie, a dzieciaki nie dają detektywowi spokojnie pracować. Słowem — wszystko jest tak, jak nasz bohater lubi najbardziej. Tyle tylko że zanim wakacje się skończą, trzeba przeżyć kilka długich nudnych tygodni.

— Spacer? — zaproponował detektyw Pozytywka.

— Czemu nie — odpowiedział sam sobie.

Na ulicy dopadło go jednak jeszcze większe przygnębienie. Roześmiani ludzie mijali detektywa, nie zwracając uwagi na jego skwaszoną minę. Ruszył bezmyślnie za obściskującą się parą zakochanych. Przecięli jedno skrzyżowanie, drugie, skręcili w lewo — i nagle cała trójka znalazła się przed wejściem do ogrodu zoologicznego.

Rety, jak dawno detektyw Pozytywka tu nie był! Malutkie drzewka, przy których przystawał

jako brzdąc, stały się ogromnymi świerkami. Powiększono woliery dla ptaków, rozbudowano wybieg dla słoni, pomiędzy ogrodowymi alejkami pojawił się plac zabaw... Wszystko wyglądało inaczej. Detektyw Pozytywka ruszył w prawo, za budynek administracyjny. Czytał niedawno w gazecie, że przygotowano tam miejsce dla kangurów olbrzymich — ciekawe, czy już można je zobaczyć?

Jak się okazało — można. Kangur na widok detektywa Pozytywki odskoczył gwałtownie od ogrodzenia i opadł na przednie łapki. Z jego wypchanej kieszeni na brzuchu sterczała bagietka z szynką.

— Zwariowała pani?! — wykrztusił detektyw Pozytywka do stojącej obok dziewczyny. — Chce go pani otruć?! Tu jest wyraźnie napisane: „Nie karmić zwierząt!".

Dziewczyna bąknęła coś w odpowiedzi. Poznał ją od razu — to ta sama, za którą przydreptał do ogrodu.

— Gdzie pani chłopak? — zasapał nasz bohater. — Trzeba szybko zawołać kogoś z obsługi!

— Nie trzeba — wymamrotała zarumieniona dziewczyna.

— A ja pani mówię, że trzeba! — pieklił się detektyw. — Ten kangur może zachorować. Może zresztą już jest chory, proszę zobaczyć, jak dziwnie się porusza!

Rzeczywiście, kangur człapał nieporadnie w stronę wysokich traw na środku wybiegu. Bardziej przypominał teraz ociężałego niedźwiedzia niż zwinnego australijskiego torbacza. Detektywa Pozytywkę dopadło nagle podejrzenie...

— To nie jest prawdziwy kangur! — zasapał. — To pani przebrany chłopak, tak?!

— Ciii! — Dziewczyna rozejrzała się trwożliwie. — Chce pan, żeby dzieci usłyszały?

— O co tu chodzi? — Detektyw spiorunował ją wzrokiem.

— Prawdziwy przyjedzie dopiero za tydzień — westchnęła. — Transport się opóźnił. A dyrekcja zoo uznała, że zwiedzający będą zawiedzeni. No i stąd ta maskarada.

Detektyw Pozytywka w milczeniu pokiwał głową. Zapadła cisza.

— Ale z daleka jest nie do rozpoznania, prawda? — zapytała z nadzieją dziewczyna.

— Byleby nie wcinał bagietki — odpowiedział detektyw. — A już na pewno nie z szynką.

— Dlaczego? — zaciekawiła się.

Detektyw wzruszył ramionami. Co za pytanie!

Prawdziwy kangur z pewnością nie jadłby bagietki z szynką. Wiesz dlaczego?

Zagadka dziesiąta, czyli wszystko się może zdarzyć!

Detektyw Pozytywka gapił się bezmyślnie w szeroko otwarte okienko. Było upalne sierpniowe popołudnie. W rozgrzanym powietrzu wszystko wokół sprawiało wrażenie drżącego i nieostrego — jakby cały świat ulano z niezastygłego szkła. Sterczący nieopodal komin zdawał się chwiać na wszystkie strony.

„Lada chwila spłynie po wysmołowanym dachu — pomyślał detektyw Pozytywka. — Pac! I skapnie wprost pod nogi spoconego pana Mietka".

„Co ty za głupoty wymyślasz? — skarcił naraz sam siebie. — Jakim cudem komin miałby spłynąć z dachu?".

„W taki upał wszystko jest możliwe" — odparł kłótliwie detektyw Pozytywka.

„Nieprawda! — zaprotestował detektyw Pozytywka. — W taki upał nie dzieje się nic".

I w tym właśnie momencie ktoś zapukał do drzwi agencji.

— Miałeś rację — zasapał nasz bohater.

— Wiem — odpowiedział sam sobie, podnosząc się z krzesełka.

A potem detektyw Pozytywka podszedł do drzwi i otworzył je szeroko. Równie szeroko jak oczy, które wytrzeszczył na widok odzianego w białą komżę ministranta. Ministrant przestępował z nogi na nogę i sprawiał wrażenie zmieszanego. Wydał się detektywowi dziwnie znajomy...

— Szczęść dobry... — wymamrotał spod głęboko nasuniętej na czoło czapeczki.

— Słucham? — zdziwił się detektyw.

— Dobry Boże... — stęknął ministrant.

— Chyba: „szczęść Boże"? — poprawił nasz bohater. — Albo po prostu: „dzień dobry"?

— Niech będzie. — Ministrant pokiwał nerwowo głową. — Szczęść dzień!

Detektyw Pozytywka westchnął. Najwidoczniej upał pomieszał co poniektórym w głowach.

— Przyjmie pan księdza chodzącego po kolędzie? — wybełkotał nagle ministrant. Wypływający spod czapeczki pot wił się strumykami po dziwnie pucołowatych policzkach. Pucołowatych lub...

„Lub wypchanych! — przemknęło detektywowi przez głowę. — Na przykład watą. Albo gumą do żucia!". Nachylił się, aby zajrzeć ministrantowi w oczy, ten jednak natychmiast utkwił wzrok w podłodze.

— Księdza? — powtórzył z zastanowieniem detektyw. — Po kolędzie?

— Aha. — Ministrant zrobił nieokreślony ruch, jakby wskazywał coś za sobą.

Zaintrygowany detektyw Pozytywka wyszedł z agencji, stanął przy drewnianej barierce i spojrzał w dół. Kilka pięter niżej słychać było jakąś rozmowę. Ktoś żegnał się tubalnym głosem z panią Majewską. Niestety na górę docierały jedynie strzępy rozmowy, na dodatek zniekształcone. Jedyne, co detektyw Pozytywka zrozumiał, to: „Bóg zapłać!".

— Nie za późno na chodzenie po kolędzie? — Nasz bohater spojrzał uważnie na ministranta.

— Dlaczego? — bąknął ministrant, zerkając na zegarek. — Dopiero południe.

— Nie pytam o porę dnia. — Detektyw Pozytywka wzruszył ramionami. — Tylko o porę roku.

— Aaa... — Ministrant klepnął się w czoło, i to na tyle silnie, że jego policzki lekko opadły. Zaraz jednak je poprawił i sięgnął do kieszeni po karteczkę z jakimiś bazgrołami. — Rozumiem... — wygulgotał. A potem chrząknął i odczytał z karteczki: — Duża parafia, dużo zajęć, i dlatego tyle czasu trzeba było czekać na naszą wizytę.

Złożył karteczkę i z westchnieniem ulgi schował ją pod komżą. Detektyw Pozytywka przyglądał się uważnie jego wychudzonej sylwetce. Kogoś mu przypominała...

— To przyjmie pan księdza czy nie? — zapytał ministrant.

Dało się słyszeć poskrzypywanie drewnianych stopni pod butami jakiegoś zasapanego jegomościa. Był już o dwa piętra od agencji „Różowe Okulary".

— Przyjmę — zdecydował nagle detektyw.

— Ooo, naprawdę? — Ministrant zachichotał. — A ma pan pieniążki?

— Jak to? — Detektyw Pozytywka udał zdumienie.

— No, tak się robi — wyjaśnił ministrant. — Ksiądz przychodzi po kolędzie, a odchodzi po wręczeniu pieniążków.

— Naprawdę? — Nasz bohater zaczął przeszukiwać kieszenie. — A bez pieniążków się nie da?

— Się nie da.

— Myślałem, że wielkanocna kolęda jest za darmo — westchnął rozżalony detektyw.

— Wielkanocna kolęda nigdy nie jest za darmo — odparł z godnością ministrant.

— To muszę od kogoś pożyczyć... — Detektyw Pozytywka rozłożył ręce. — Zaraz wrócę!

Po czym zamknął drzwi agencji na klucz i zbiegł po schodach, mijając wchodzącego na górę zwalistego księdza o nastroszonej czuprynie.

Pan Mietek walczył z sennością, opierając się
na swojej miotle w najbardziej zacienionym kącie podwórza.

— Panie Mietku, ma pan przy sobie telefon? — spytał zaaferowany detektyw.

— Mam... — ziewnął dozorca.

— A zadzwoni pan na policję?

Pan Mietek zastygł z rozdziawioną buzią. Na szczęście po se-
kundzie opamiętał się i zamknął ją z głośnym kłapnięciem.

— Mogę zadzwonić — mruknął. — Tylko co mam powiedzieć?

— Że po naszej kamienicy chodzi fałszywy ksiądz z fałszywym
ministrantem i wyłudzają pieniądze. — Detektyw Pozytywka zachichotał. — I że są dziwnie podobni do Martwiaka i Nowego. Nawet w przebraniu.

A potem nasz bohater spojrzał w rozpięte ponad podwórzem
błękitne niebo i pomyślał, że w taki dzień rzeczywiście wszystko
może się wydarzyć.

*Wiesz już, co detektywa Pozytywkę utwierdziło w przekonaniu, że ma
do czynienia z fałszywym ministrantem?*

Zagadka jedenasta, czyli nareszcie koniec wakacji!

Gdyby zapytać detektywa Pozytywkę, czy wierzy w przesądy, byłby w kłopocie. Wprawdzie nie uważa, że w piątek trzynastego jest łatwiej złamać nogę niż, dajmy na to, w sobotę czternastego, ani że widok czarnego kota zwiastuje większe kłopoty niż widok kota rudego w ciapki — ale już na przykład gdyby to Martwiak, zamiast czarnego kota, przebiegł drogę detektywowi Pozytywce, wówczas nasz dzielny bohater z pewnością zawahałby się, czy nie zmienić trasy. Bo choć detektyw Pozytywka nie wierzy w większość powszechnie uznawanych przesądów, to ma kilka takich, w które wierzy wyłącznie on sam.

Detektyw Pozytywka nie łapie się za guzik, ujrzawszy kominiarza, ale na widok piekarza natychmiast chwyta za sznurowadło.

Detektyw Pozytywka nie spluwa trzykrotnie przez lewe ramię, aby nie zapeszyć, spluwa za to pod prawe kolano, aby, jak tłumaczy, niczym się nie peszyć.

Detektyw Pozytywka nie rozpacza, gdy rozsypie sól, rwie jednak włosy z głowy, gdy rozsypie cukier.

I tak dalej, i tym podobne.

Wśród wielu nietypowych przesądów detektywa Pozytywki jeden ma szczególne znaczenie dla samopoczucia naszego bohatera. Otóż detektyw Pozytywka każdego ranka zwraca baczną uwagę na to, którego z mieszkańców kamienicy ujrzy pierwszego. Jeżeli są to Asia, Zuzia lub Dominik, detektyw Pozytywka wierzy, że dzień minie mu wesoło i beztrosko. Jeżeli jest to pan Mietek, dozorca — dzień będzie pracowity. Jeżeli jest to pani Majewska

— dzień będzie smutny i zrzędliwy. Jeżeli jest to pani Ryczaj, nauczycielka języka polskiego — dzień będzie obfitować w niespodziewane zadania i sprawdziany. A jeżeli jest to Martwiak, to... No tak. Jeżeli pierwszą osobą, jaką detektyw Pozytywka spotyka pod kamienicą, jest Martwiak, wówczas po nadchodzącym dniu można spodziewać się wszystkiego co najgorsze.

Jednak w dniu, w którym rozpoczyna się nasza opowieść, szczęście detektywowi Pozytywce dopisało. Pierwszą osobą, którą ujrzał rano, był spocony, zaaferowany strażak. Drugą osobą również okazał się strażak. Trzeciego strażaka detektyw Pozytywka zauważył dopiero po pewnym czasie — przesłaniały go kłęby dymu buchające z jednego z piwnicznych okienek. Czwarty strażak rozwijał właśnie strażacką sikawkę. Piąty siedział za kierownicą strażackiego wozu.

— Pięciu strażaków o poranku... — szepnął zaaferowany detektyw. — Ciekawe, co to może oznaczać?

— Pożar — odezwał się stojący przy trzepaku pan Mietek.

— Myśli pan? — Detektyw Pozytywka spojrzał na pobladłego dozorcę.

— Nie myślę, tylko widzę — westchnął pan Mietek. — Pożar w piwnicy. Zapalił się składzik rupieci. Ten, w którym trzymam...

Ale nim detektyw Pozytywka dowiedział się, co pan Mietek trzyma w składziku rupieci, nastąpił wybuch. Z piwnicznego okienka wystrzelił ognisty jęzor i liznął trawę pod stopami strażaków. Detektywowi Pozytywce ścierpła skóra. Miał wrażenie, że z osmolonej piwnicy wylezie zaraz ziejący ogniem smok i wszystko schrupie — łącznie z wozem strażackim, trzepakiem i ławeczką.

— ...beczułkę z rozpuszczalnikiem — dokończył zmartwiały pan Mietek.

„Pana Mietka też schrupie — przemknęło detektywowi Pozytywce przez głowę. — A potem miotłę. Lub mnie. Ale chyba miotłę, 49

bo jest grubsza..." — pocieszył się, zerkając na trzymane przez pana Mietka narzędzie pracy.

— Teraz! — krzyknął któryś ze strażaków.

Strumień białej piany zakneblował buchającą ogniem paszczę. Potwór cofnął się z głośnym sykiem do swojej nory.

— Dzieci w szkole? — zapytał ni w pięć, ni w dziewięć detektyw Pozytywka.

— Pewnie tak, wczoraj był początek roku szkolnego. — Pan Mietek spojrzał na niego ze zdumieniem. Przecież to właśnie detektyw najbardziej się cieszył z końca wakacji. — A co?

— Przynajmniej ich nie zje.

— Co?!

— Nie, nic — zmieszał się nasz bohater. — Dobrze, że są w szkole. Nikt nie będzie mówił, że to one zaprószyły ogień.

— Nikt by tak nie powiedział. — Pan Mietek wzruszył ramionami. — Z rana w piwnicy byli ludzie z administracji, coś tam spawali, no i widzi pan...

Detektyw Pozytywka pokiwał głową. Jeden ze strażaków uparcie lał gaśniczą pianę w wypalone piwniczne okienko. Drugi zniknął za drzwiami klatki schodowej. Wbiegając do piwnicy, musiał zderzyć się z Martwiakiem, bo do uszu pana Mietka i detektywa Pozytywki doszedł głośny rumor, a zaraz potem wypowiedziane znajomym głosem przekleństwo. Po chwili właściciel głosu pojawił się na podwórzu. Martwiak obrzucił ponurym spojrzeniem strażaków, pana Mietka i detektywa Pozytywkę, po czym splunął i bez żadnego skrępowania zaczął rozcierać stłuczone pośladki. Gdy ból minął, sięgnął po papierosa, zapalniczkę — i sekundę później dymił równie efektownie jak płonąca piwnica.

— Panie Mietku, jest pan pewny — zapytał detektyw Pozytywka — że to ludzie z administracji zaprószyli ogień?

52   Pan Mietek powędrował za jego wzrokiem.

— Jestem pewny. — Uśmiechnął się mimo woli. — Zresztą sami wezwali straż, gdy było już wiadomo, że nie ugaszą pożaru. Martwiak nie ma z tym nic wspólnego.

„A szkoda..." — przeszło przez myśl detektywowi Pozytywce. Ale zaraz przywołał się do porządku — to, że nie lubi Martwiaka, nie oznacza, że ma prawo oskarżać go o wszystko co najgorsze. Zwłaszcza gdy brak wyraźnych dowodów. Kiedy ostatnio oskarżył Martwiaka o podszywanie się pod księdza, policjanci uznali, że równie dobrze mogła to być niewinna zabawa w przebieranie.

Kilka dni później schowek, w którym wybuchł pożar, był już wysprzątany, wymalowany, a piwniczne okienko przestało straszyć czarną gardzielą. Pan Mietek z zapałem pucował nowo wstawioną szybkę, chcąc jak najszybciej zapomnieć o reprymendzie, jakiej udzielili mu strażacy. Bo przecież mieli rację — przechowywanie w schowku beczułki z rozpuszczalnikiem nie było zbyt mądre. Pan Mietek obiecał, że nie będzie tam już trzymał żadnych łatwopalnych materiałów. Zobowiązał się też dopilnować, aby wszyscy lokatorzy zrobili przegląd szpargałów w piwnicy. Potem zawiesił na każdym półpiętrze gaśnice, na podwórzu i na strychu zaś ustawił skrzynie z piaskiem do gaszenia ognia — i dopiero wtedy odetchnął z ulgą. Zdaniem dzieci stanowczo za prędko.

— A skąd pan wie, że wszyscy porządnie uprzątnęli swoje piwnice? — wymądrzał się Dominik.

— Bo sprawdziłem — odpowiedział pan Mietek.

— U Martwiaka też? — zapytała Zuzia.

— Martwiak ma tu biuro, a nie skład niepotrzebnych rzeczy. — Pan Mietek wzruszył ramionami.

— Martwiak pali papierosy — powiedział z naciskiem Dominik.

Dozorca spojrzał na niego ciężkim wzrokiem.

— Twój tata też pali papierosy.

— Martwiak pije herbatę — wtrąciła Asia.

Pan Mietek próbował zachować powagę, ale nie udało się — parsknął śmiechem.

— No co? — Zaczerwieniona Asia patrzyła to na pana dozorcę, to na roześmianych Dominika i Zuzię. — Żeby zrobić herbatę, trzeba zagotować wodę. A w piwnicy chyba nie ma kuchenek gazowych?

— A słyszałaś o czajnikach elektrycznych? — zachichotał Dominik.

— Słyszałam! — krzyknęła Asia. — Ale słyszałam też o butlach gazowych! Moja mama gotowała na takiej, gdy byłyśmy na Mazurach!

I obraziwszy się, poszła do domu.

Pan Mietek potarł w zamyśleniu czoło. Podejrzenia Asi wcale nie były pozbawione sensu. Na dziewięćdziesiąt dziewięć procent Martwiak używa czajnika elektrycznego — bo to i wygodniej, i szybciej, i mniej zachodu. Ale przecież nigdy nie wiadomo, co takiemu strzeli do głowy. A strażacy mówili wyraźnie: żadnych materiałów łatwopalnych, żadnych kanistrów z benzyną czy ropą, żadnych beczułek z rozpuszczalnikami, wreszcie — żadnych butli z gazem!

Pan Mietek podszedł na palcach do uchylonego okienka agencji „Czarnowidz". Udając, że zbiera śmieci, pochylił się i ukradkiem zajrzał do środka. Niestety, niewiele dostrzegł w mroku piwnicy. Wyraźnie za to poczuł zapach smażonych kotletów!

— Panie Martwiak! — krzyknął podenerwowany. — Mogę pana prosić na chwilkę?

Gdzieś z głębi ciemnego pomieszczenia dobiegły go gniewne pomruki, sapanie, a po chwili za przybrudzoną szybką ukazała się czerwona twarz Martwiaka.

— Jestem zajęty — warknął.

— Pamięta pan, co mówili strażacy?! — zawołał pan Mietek.

— A niby jak mam pamiętać? — spytał Martwiak. — Panu mówili, nie mnie.

— W piwnicach nie można trzymać niczego, co grozi wybuchem! — wyrecytował dozorca.

— To nie trzymaj pan.

— Ja nie trzymam! — oburzył się pan Mietek. — Za to pan smaży kotlety!

W przekrwionych oczach Martwiaka zabłysła kpina.

— Dobrze się pan czuje? — zarechotał. — Od kiedy to kotlety wybuchają?

— Czyli naprawdę pan smaży, tak?! — krzyknął pan Mietek.

— A daj mi pan spokój! — prychnął Martwiak. — Bo jak nie, to zadzwonię po psychiatrę!

Po czym zatrzasnął okienko tuż przed nosem oburzonego dozorcy.

Pół minuty później pan Mietek pukał do drzwi mikroskopijnej siedziby agencji „Różowe Okulary".

— Chwileczkę... — Detektyw Pozytywka próbował uspokoić rozindyczonego pana Mietka. — Zapach kotletów to jeszcze żaden dowód...

— A na czym je smażył?! — zdenerwował się pan Mietek. — Na kaloryferze?!

— Przecież mógł się pan pomylić. — Detektyw Pozytywka wciągnął brzuch, by zrobić dozorcy więcej miejsca. — Naprawdę nie ufałbym aż tak bardzo własnemu nosowi. A nawet jeżeli były to kotlety, to może Martwiak smażył je na kuchence elektrycznej?

Pan Mietek nie wyglądał na przekonanego. Ale ze wszystkich sił pragnął uwierzyć, że przekonany jednak jest.

— Może i racja — westchnął. — Jestem przewrażliwiony. Wszystko przez ten pożar...

I wmawiając sobie, że nie ma powodu do niepokoju, ruszył na dół.

Detektyw Pozytywka w zamyśleniu wyjrzał przez okienko poddasza. Nieopodal, na antenie telewizyjnej, przysiadło pięć nastroszonych wron. Patrzyły ponuro ponad dachami kamienic — w milczeniu i bezruchu.

— Pięć czarnych wron po południu... — szepnął detektyw Pozytywka. — Ciekawe, czy to jakiś znak?

Ale odpowiedziała mu tylko cisza.

Tknięty nagłym przeczuciem detektyw chwycił kurtkę i wybiegł z agencji. Nie zważając na złowrogie skrzypienie drewnianych schodów, przeskakiwał po trzy stopnie naraz — byleby jak najszybciej znaleźć się na dole. Głośne trzaśnięcie drzwi od klatki schodowej tylko utwierdziło go w przekonaniu, że trzeba się śpieszyć — z okna na półpiętrze wypatrzył zwalistą sylwetkę Martwiaka znikającą w bramie kamienicy. Sekundę później nasz bohater był na zewnątrz.

— Na Boga, panie Pozytywka, trochę ostrożniej! — zawołała pani Majewska.

Detektyw pozbierał rozsypane na chodniku zakupy, bąknął parę słów przeprosin, a potem — nie czekając, aż pani Majewska powie do końca, co sądzi o dorosłych, którzy zachowują się jak dzieci — pognał na ulicę.

Martwiak przepadł.

— No nie — jęknął z zawodem nasz dzielny bohater. — Pięć wron po południu, czyli wielka klapa!

— Psyyyt! — dobiegło go ciche syknięcie.

Detektyw Pozytywka spojrzał w stronę stojącego na chodniku niewielkiego szyldu reklamowego — każdego ranka wystawiał go przed swym zakładem pan Józef, zegarmistrz.

— Jest w sklepiku — szepnął szyld. — Na placu obok.

— Kto, pan Józef? — zdziwił się detektyw Pozytywka.

— Ależ skąd! — prychnął szyld. — Martwiak.

Ku zdumieniu przechodniów szyld ruszył nagle przed siebie. Ukryta w środku Zuzia tak żwawo przebierała nogami, że detektyw z trudem dotrzymywał jej kroku. Zatrzymali się dopiero za rogiem.

— Tu poczekamy — szepnęła Zuzia.

— Nie mogę czekać — zaprotestował detektyw Pozytywka. — Muszę wiedzieć, co Martwiak kupuje!

— Spokojnie, dowiemy się — wysapała Zuzia. — Przecież tam jest Dominik, niech pan spojrzy.

Detektyw Pozytywka wychylił się ostrożnie, ale mimo zapewnień Zuzi nigdzie Dominika nie wypatrzył. Ba, nie tylko Dominika — nikogo tam nie wypatrzył.

— Przed wejściem — podpowiedziała Zuzia.

— Przed wejściem stoi kosz na śmieci — zauważył detektyw Pozytywka.

— No właśnie. — Zuzia skinęła głową.

Detektywowi przyszło na myśl, że trzeba będzie wysłać Zuzię do lekarza. I w tym właśnie momencie koszowi na śmieci niespodziewanie wyrosły nogi. Biegł w stronę osłupiałego Pozytywki. Ledwie zdążył go dopaść, w drzwiach sklepiku stanął Martwiak.

— Zmykamy! — szepnął nasz bohater.

Minutę później tłoczyli się w ciasnej siedzibie agencji „Różowe Okulary".

— Co kupował? — zapytał podekscytowany detektyw.

— Nic ciekawego. — Dominik machnął lekceważąco ręką. — Miałem nadzieję, że wyśledzimy Martwiaka, jak idzie kupić nową butlę gazową albo napełnić gazem starą, tyle tylko że...

— Ale co kupił?! — zniecierpliwił się detektyw Pozytywka. — Zapałki?! Zapalniczkę?!

— Gulasz w słoiku — odparł Dominik. — I elektryczną zapalarkę. Taką, jaką ma nasza babcia.

— No to sprawa jasna! — Detektyw Pozytywka aż klepnął się z uciechy w kolano. — Lećcie powiadomić pana Mietka, że nos go nie zawiódł. Martwiak trzyma w piwnicy butlę z gazem. Jeśli jej nie usunie, pan Mietek będzie miał prawo zadzwonić na policję.

Dominik wymienił z Zuzią zaniepokojone spojrzenia.

— Ale... chyba pan nie zrozumiał... — wykrztusił po chwili. — Wcale nie wiemy, czy tam jest butla... Nie widzieliśmy jej.

— Nie szkodzi. — Detektyw Pozytywka się uśmiechnął. — Pięć wron po południu. Wiecie, co to oznacza?

— Co? — spytała Zuzia.

— Nie mam pojęcia! — zachichotał nasz bohater. — Ale na pewno nie to, że Martwiak odgrzewa obiady na kuchence elektrycznej!

A potem zerknął na sterczącą nad dachem antenę. Jak dobrze, że dzieci wróciły z wakacji — i że rozpoczną się zwyczajne codzienne kłopoty!

Detektyw Pozytywka miał rację — Martwiak prawie na sto procent nie odgrzewał obiadu na kuchence elektrycznej. Jak sądzisz, co pozwoliło naszemu bohaterowi wyciągnąć takie właśnie wnioski?

Rozwiązania zagadek

Zagadka pierwsza

Daltoniści mają problemy z rozpoznawaniem barwy zielonej, mylą ją czasami z kolorem czerwonym, pomarańczowym lub żółtym. Jednak odróżnienie niebieskiego od żółtego nie powinno sprawiać im kłopotu. Martwiak, jako daltonista, powinien to wiedzieć. A skoro nie wiedział, to znaczy, że kłamał.

Zagadka druga

Rok składa się z pięćdziesięciu dwóch tygodni, a „Pasikonik" jest dwutygodnikiem. Łatwo więc obliczyć, że każdego roku może ukazać się co najwyżej dwadzieścia sześć numerów pisma, a nie czterdzieści. Proste? Proste.

Zagadka trzecia

Dwa plus dwa razy dwa to rzeczywiście sześć, a nie osiem. Z tej prostej przyczyny, że mnożenie (i dzielenie) wykonuje się zawsze przed dodawaniem (i odejmowaniem) — co jest jedną z najwcześniej poznawanych zasad matematycznych.

Zagadka czwarta

Detektywowi śniło się, że... że nie śni. Że jest nad jeziorem, a nad nim migoczą widoczne w lipcu gwiazdy. Tajemniczy mężczyzna wyciągnął z jego nosa bukiecik konwalii. Nie był czarodziejem, bo czarodzieje nie istnieją. Mógł być jedynie zręcznym prestidigitatorem. Ale nawet najzręczniejszy prestidigitator nie wyciągnąłby znikąd bukiecika konwalii. Bo kwitną one wczesną wiosną, a nie latem.

Zagadka piąta

Na ostatnich zdjęciach Nowy (w przebraniu wąsatego podróżnika) pojawia się przy słoniu o ogromnych uszach. Był to zapewne słoń afrykański — słonie indyjskie są mniejsze, mają też znacznie mniejsze uszy. Martwiak i jego niedouczony wspólnik zrobili pewnie zdjęcia w którymś z ogrodów zoologicznych czy — co bardziej prawdopodobne — w cyrku, ale nie przyszło im do głowy, że słonie mogą się od siebie różnić. Na szczęście detektyw Pozytywka to wiedział.

Zagadka szósta

Prawdziwy Chińczyk z pewnością by wiedział, że stolicą Chin jest nie Hongkong, a Pekin.

Zagadka siódma

Na północy Norwegii latem słońce nie zachodzi — Martwiak nie mógł więc zobaczyć skrytego w mroku kempingu przy Nordkapp.

Zagadka ósma

Detektyw Pozytywka zwrócił uwagę na mokre kieszenie Martwiaka. Czyżby zmoczyły je wyłowione skądś monety? Ale skąd? Zatopiony skarb w środku miasta — to się raczej nie zdarza. Za to w wielu miastach można znaleźć fontanny, do których przesądni turyści wrzucają drobne monety. Ma to podobno zagwarantować, że kiedyś do tego miejsca wrócą. Ale jeżeli nawet, to raczej nie odnajdą wrzuconego przez siebie pieniążka. Takich poławiaczy jak Martwiak jest wielu.

Zagadka dziewiąta

Kangur nie zjadłby bagietki z szynką, ponieważ należy do zwierząt roślinożernych.

Zagadka dziesiąta

Detektyw Pozytywka był zaskoczony widokiem ministranta — i to z kilku powodów. Pomijając nawet jego dziwne zachowanie i czapeczkę przesłaniającą pół twarzy, zastanawiać mogła pora roku, którą fałszywy ksiądz wybrał na chodzenie po kolędzie. Zazwyczaj ma to miejsce tuż przed świętami lub zaraz po nich. Ale po świętach Bożego Narodzenia, a nie po Wielkanocy. Prawdziwy ministrant z pewnością zdziwiłby się, słysząc sformułowanie „wielkanocna kolęda".

Zagadka jedenasta

Odpowiedź jest prosta — gdyby Martwiak trzymał w piwnicy kuchenkę elektryczną, elektryczna zapalarka nie byłaby mu potrzebna. Tym bardziej że papierosy ma zwyczaj zapalać zapalniczką. A w elektrycznym czajniku pulpetów chyba nie da się podgrzać. Ot i wszystko.

Spis treści

Wydawnictwo
NASZA KSIĘGARNIA
www.naszaksiegarnia.pl

02-868 Warszawa, ul. Sarabandy 24 c
tel. 22 643 93 89, 22 331 91 49, faks 22 643 70 28
e-mail: naszaksiegarnia@nk.com.pl

Dział Handlowy
tel. 22 331 91 55, tel./faks 22 643 64 42
Sprzedaż wysyłkowa: tel. 22 641 56 32
e-mail: sklep.wysylkowy@nk.com.pl   **www.nk.com.pl**

*Książka została wydrukowana na papierze
Claro Silk 130 g/m².*

Redaktor prowadzący
Katarzyna Piętka

Opieka merytoryczna
Magdalena Korobkiewicz

Korekta
Roma Sachnowska, Zofia Kozik, Katarzyna Nowak

Redaktor techniczny, DTP
Karia Korobkiewicz

ISBN 978-83-10-12028-1

PRINTED IN POLAND

Wydawnictwo „Nasza Księgarnia", Warszawa 2012 r.
Wydanie pierwsze
Druk: EDICA Sp. z o.o., Poznań